LÂMINA

Marcia Friggi

KOTTER
EDITORIAL

coordenação editorial
Sálvio Nienkötter

editor-adjunto
Raul K. Souza

capa
Paula Villa Nova

editoração
Maria Luiza de Carvalho Rodrigues

produção
Cristiane Nienkötter

Dados Internacionais de Catalogação na Publicação (CIP)
Angélica Ilacqua CRB-8/7057

Friggi, Marcia
Lâmina | Marcia Friggi.
Curitiba: Kotter Editorial, 2019.
86 p.

ISBN 978-65-80103-39-3

1. Poesia brasileira I. Título

CDD B869.1

19-1170

Texto adequado às novas regras do acordo ortográfico de 1990, em vigor no Brasil desde 2009

KOTTER EDITORIAL

Kotter Editorial
Rua das Cerejeiras, 194
82700-510 | Curitiba/PR
+55 41 3585-5161
www.kotter.com.br | contato@kotter.com.br

1ª Edição
2019

LÂMINA

Marcia Friggi

KOTTER
EDITORIAL

O FIO DA NAVALHA

A lâmina lírica de Márcia Friggi faz incisões na pele do papel, revelando na escrita poética as cicatrizes de um país mutilado, de um tempo mutilado, de pessoas mutiladas. É uma grafia de intensa subjetividade, e ao mesmo tempo o testemunho histórico de eventos que mergulharam o país no mais escuro caos (o que nos faz lembrar do brado desolado do poeta baiano Gregório de Matos, que em um de seus admiráveis sonetos escreveu: "Ó caos confuso, labirinto horrendo"). Poesia documental, sim, mas que não descuida do rigoroso artesanato da linguagem, cabralina faca-só-lâmina. Encontramos, em seu universo poético, versos de finíssima sensibilidade musical, construídos com o pleno domínio técnico de aliterações e assonâncias, como verificamos nestas linhas da composição *Outra vez pássaro*: "Da pelve surgem plumas / que se abrem em asas / sobre as omoplatas", e também imagens de alto impacto, que traduzem emoções e pensamentos com a paleta do poeta-pintor, ou poeta-calígrafo, como acontece neste *haiku*-porrada: "Noite de garoa / meninos dormem na rua / o frio é lâmina nua". A precisão e o realismo quase fotográfico desta peça nos faz pensar na teoria do *shasei*, formulada pelo pintor japonês Nakamura Fusetu, que defendia o "retrato do estado natural, a representação verídica não só de paisagens, mas também de situações do cotidiano", conforme definição do poeta Maurício Arruda Mendonça, em seu belo estudo e tradução de *haikus* do mestre Nenpuku Sato. A voz poética de Marcia Friggi, porém, encontra o seu grau mais elevado de ebulição nas composições poéticas que privilegiam a *logopeia*, ou "dança do intelecto entre as palavras", segundo Ezra Pound, como acontece na peça intitulada *Coturnos* – cujo título nos faz pensar nas botas usadas pelos *skinheads* dos grandes centros urbanos, tatuados com suásticas e armados com porretes e correntes. O poema é na verdade uma expressiva metonímia da crescente militarização do Brasil, que vive o crescimento da violência policial e dos crimes de ódio: " Pisam na íris / farsas e fardas / fardos de horror / suástica na carne / títulos, ações / bíblia, whatsapp / unção dos coturnos / dólar, Wall Street / "dízimo, Auschwitz". Em apenas duas linhas, a autora consegue condensar alusões a diversos fatos políticos da história recente do país, sem contudo limitar o poema a um registro circunstancial: a mistura explosiva de reacionarismo, agressão, fundamentalismo religioso, medidas econômicas neoliberais, práticas de exclusão social e genocídio não se limitam, infelizmente, a um único contexto nacional, sendo hoje uma triste realidade no Brasil e na Ucrânia, na Líbia e na Argentina, na Bulgária e em Ruanda, para citarmos apenas poucos países. Márcia Friggi olha para o presente imediato, mas, pela força expressiva de suas linhas, consegue projetar as palavras numa dimensão mais ampla, não circunscrita no tempo e no espaço: "Há esta noite imposta / a turvar os sonhos / e uma lua-lâmina /sobre uma só cabeça. / Há um gosto de bílis / nesta ânsia / por levante e luta", escreve a poeta na peça intitulada *Arbítrio*. A visão crítica da realidade, porém, é apenas um lado dessa obra rica em sons, imagens e ideias; o outro lado é o mergulho íntimo em suas memórias e vivências, na tentativa de fixar, nos estreitos limites do poema, alguns *flashes* de sua trajetória pessoal. Assim, por exemplo, no poema Fado, cujo título remete ao conhecido gênero musical português, imortalizado por Amália Rodrigues, mas também à ideia de destino: "Talvez tenha sido / naquela tarde, / com a luz / do outono / em halo solar / na sua íris. / Sinal fechado, / tocava 14 Bis / ou era Titãs? / Você sorria. / Nos lábios, / a brasa / de um beijo / e o verbo / em pétala" Notamos nesta composição, além da delicada musicalidade, a presença da linguagem coloquial, fraturada em linhas breves, imagens do cotidiano e a inserção de poucas metáforas, resultando num lirismo de efeito imediato, que não decai no mero confessionalismo. O difícil equilíbrio entre expressão emocional e construção estética alcança aqui um patamar elevado, que coloca a peça entre as mais instigantes do volume: "Talvez ainda antes, / escama cósmica, / pólen de promessa / em céu póstumo". O desafio baudelairiano de registrar em palavras cenas prosaicas do cotidiano, diga-se de passagem, é como o fio de uma navalha: poucos autores brasileiros contemporâneos conseguem, atualmente, atravessar esse fio sem cortar-se. Márcia Friggi, com sensibilidade, domínio técnico das artes da palavra e indiscutível voz pessoal, vence este e outros desafios e projeta-se entre as novas vozes da literatura brasileira.

Claudio Daniel / Março de 2019

Ao que nos consagra

Solto os cabelos

e fico à espera.

Mas sobre mim

como na morte

crescem as heras.

Hilda Hilst

I

Sol de dezembro
nasce a gema dourada
tudo amarelece

II

Chuva de verão
O vento lambe o vale
Lava as veias do rio

III

Sobre a pétala

pousa a morna

borboleNta

IV

Rosa incendiada

ao sol do meio dia

e eu à flor da pétala

A ÚLTIMA LÁGRIMA

Acomodou-se à condição de concha
Entre as frestas que ainda havia
Seixou escorrer - lâmina de dor e parto -
em pérola líquida - a última lágrima

LUARDES

Arde tua boca
Chama
Tateias penumbras
pelos, seios, pernas
Queima tua pele
Brasa
Retesas corpo e átomos
Espasmos, delírio, êxtase
Tombas sob a luz
Luardes
Superlua
Lua azul
Lua de sangue, sêmen
e carne

MILENARES

Quem é esta mulher
que acena ao filho
do alto da sacada?
Ela o observa
com olhos milenares
e risca no ar um
sinal sagrado
Balbucia uma prece
um mantra ou cantiga
e se despede
Tão jovens e antigas
as mãos das mães
em despedida!

Sou eu nessa sacada
e junto de mim
minha avó e minha mãe
tias, irmã
filha e netas
Os filhos só são nossos
quando no ventre
depois estão sempre
de partida

(Para meu filho Henrique)

PRIMEIRO BERÇO

Lua insone

arde nas artérias

da noite

Inquieto-me

entre órbitas

acesas

e fósseis

do tempo

Abro calabouços

da memória:

eis que surge

minha aldeia

derramada

sobre vales e veias

da infância

Minha primeira casa

guarda ares

de eternidade

Tão tenra minha terra

de turvo pranto!

Tão plena minha aldeia

de pedra e espanto!

FATAL

Um calendário esquecido
sobre o criado-mudo
que não sabe se hoje
ou há trinta anos
Um esqueleto esquartejado
pelo silêncio
dorme sob a cama
A luz de um vaga-lume
colado às tuas pálpebras
A fosforescência de uma lágrima
pregada entre fronhas
Mãos trêmulas, tateias
em busca de uma gota de claridade
de um cálice de delírio
uma dose que seja de epifania
e as reconheces
fatalmente perdidas
Como nunca ontem
Como nunca antes
Como nunca mais

FADO

Talvez tenha sido
naquela tarde,
com a luz
do outono
em halo solar
na sua íris.
Sinal fechado,
tocava 14 Bis
ou era Titãs?
Você sorria.
Nos lábios,
a brasa
de um beijo
e o verbo
em pétala.

Talvez tenha

sido antes,

Naquele extático

Instante

em que você

ergueu os olhos

e deu com os meus,

distraídos, mudos

postos nos seus.

Talvez ainda antes,

escama cósmica,

pólen de promessa

em céu póstumo.

ÔNUS

Manhã de abril

e seus reflexos

noturnos na retina

Uma xícara de café

e a luz do outono

posta sobre a mesa

Asas trêmulas

temendo o voo

e rosas indecisas

na varanda

Tapete de folhas

pálidas na calçada

e este peso no peito

Este grito preso

Este preço

BÔNUS

Perdi a venda dos olhos

e a trave da língua

Perdi versos inteiros

nestes ossos líquidos

Perdi crenças

entre canteiros

de girassóis cegos

Perdi a confiança

nos *homens de bem*

Colhi sementes

de vastidões

e plantei neste olhar

demorado,

minhas serenas asas

sobre o mundo

CÓSMICO

A noite não atrasa
seu luar indiferente
sobre a angústia pontual
de homens lobos
Uivos agônicos
não afastam trevas
O silêncio é preciso
Absorvo a luz prata
para além da retina
Fecho os olhos
Não sinto as asas
mas sei que voo, amor.

ESPELHO

Eflúvios verdes
Musgos mapas de vapor
Imagem escorrida
Presa ao espelho
Olhos fundos de infinitos
Observam-me desafiadores

Do canto da boca
Escorre interrogativo
Um rasgo de riso em roxo
Curva de figo em calda
Voz em lira muda
Questiona-me - Questiono-te

- Até Quando?

Fecho os olhos
A porta
Íris cinza- cinzas
das chamas anoitecidas

MEMÓRIA DAS MÃOS

Eu – que vivo em susto
acordo tufos de seda e tule
preparo acordes
para labirintos de renda
– os mesmos que teci
em pérola e sonho
meu vestido de noiva
urdidura e palavra
Eu – que vivo em brasa
bordo em rosa
Dedos romeiros
atiçam memórias
iluminam com estrelas
de janeiro
teu vestido freudiano
divã de chatons e poema

(Para minha filha Ana Carolina)

TESTAMENTO

Estou partida - Deixo:
... A poeira das horas
Um cotidiano enfurecido
O peso dos prazos
Um fio de vontade
Do outono eterno – as chaves
... O riso parco
O passo apressado
mãos operárias
A voz tom pastel
Dos olhos insones – As pupilas douradas
Entrego também - E ninguém há de querer
... A angústia e seus tentáculos
Alergias crônicas
nervo exposto
Duas fobias
E sempre a mesma nota ao pé da pagina 1

1. Exija Habeas corpus e vida – Mais nada!

OUTRA VEZ PÁSSARO

Punho na carne

lâmina no verbo

os dentes da noite

a triturar sonhos

Vultos nefastos

espinhos das horas

a rasgar veias

Já não sei se morro

ou nasço

Cerro o corpo
Abraçada às pernas
cruzo labirintos
pelo útero do dia
Dessas estreitezas
trago lírios d'água
e vértebras de rios

A fogueira funerária
é quase cinza
Inspiro pólen
e brotam sementes
do estômago
pétalas de anêmonas
da pele macerada

Da pelve surgem plumas

que se abrem em asas

sobre as omoplatas

Outra vez pássaro

sobre o altar de pedra

Apesar das pedras

outra vez vida

Ao que nos esmaga

Das lágrimas em meus olhos secos,
basta o meio tom do soluço
para dizer o pranto inteiro.

Conceição Evaristo

V

Terror de Natal
dormem anjos sírios em
presépios bomba

VI

Noite de garoa
Meninos dormem na rua
O frio é lâmina nua

RASCANTE

Hoje, sangram em mim
todas as crianças sírias
A dor dos pais é um urro
e rasga os tímpanos
do mundo-mudo
Hoje, nenhuma poesia salva
Não há metáfora-consolo
para a guerra
Hoje, só o verbo vivo
a voz-combate
o verso-denúncia
Hoje, ardem em mim
todas as feridas
das crianças sírias
atônitas, órfãs, mutiladas

Hoje, eu quero um poema potente

Uma estrofe-decreto

Um verso-antichamas

Um ritmo binário rascante

Que paralise esse monstro

nutrido pelo sangue negro

da terra

À ESPREITA

A besta espreita

A besta e

sua voz de bílis

A palavra pedra

tece destino de esgoto

Prefere discutir política

com o marido da parlamentar

Mulheres protestam

bocas em sol

Outra besta espreita

A besta e

seus braços de lâmina

Sufoca, abate

Mata

Desova o corpo no bueiro

Mulheres choram

olhos em sal

Mais outra besta espreita

A besta e

seus punhos de espinhos

Imobiliza, despe

arranha, fere

humilha e goza

Mulheres acodem

braços em céu

PORNOGRÁFICO

Embora ela forje

outro fado

Mulher não se preza

Elas não prosam

não pesam

Mulher é presa

pro abate

Em mulher a gente bate

melhor ainda se for pobre

preta ou puta

Embora ela sonhe outra sina

Mulher não se acata
Ela só cabe na cama
A gente esfrega o falo e
fode aplaudindo Ustra
Mulher não conta
não vale a cotação
do respeito
no mercado brasileiro

Embora ela persiga outra sorte
e grite, lute, rale
Embora ela não aceite
essa morte

PROFESSOR KAMIKAZE

Sessenta horas
brutais
Latejam as pernas
ardem os olhos
estalam os ossos

Sessenta horas
semanais
Falha a memória
vacila a fala
flâmulas mãos

Sessenta horas
letais
Essa suicida
jornada de giz
vale menos
que o auxílio moradia
do juiz

SALVAI-NOS

Que a poesia nos salve

ainda que perca o primeiro round

Que venha em salva

de palmas e pétalas

sobre pérfidas gentes

e seus excrementos de pus e ódio

Que sobrevoe essas rasas letras

que sobreviva à misoginia

das reles vozes

de vermes

Também foi puta a que pariu quem canta esta apologia imunda?

"Taca a bebida, depois taca a pica

e abandona na rua."

Que a poesia purgue

essa prosa pulha

Que a poesia seja farta

servida a todo instante

ainda que raro

mesmo que misturada

ao sal da fadiga

e ao sangue das horas

que tanto custa

que tanto nos custa!

FARSA

A dama carrega
valete de espadas
preso às copas
e todos os naipes
sobre os ombros
Coringas insanos,
arcanos vampiros
derrubam a dama
de ouro e sangue
Pimentinha,
foi o mais infame
de todos os engodos,
traga um Porto

e tua voz mais rouca,

rega nosso pranto

nesse fim de jogo

Está nos búzios,

na roda do destino.

É questão de tempo:

Cai, o Rei de espadas

Cai, o Rei de ouros

Cai, o Rei de paus

Cai, não fica nada!!

(Para Dilma Rousseff)

PLENA

Em memória de Marielle Franco

Plena - em pleno voo

O punho projétil alcança a ave
Abatida, tombas
Soam tambores, soluços, sinos
A Maré avolumada
encolhe-se na vazante
Submersos, ardemos
no mesmo medo
da mesma morte

na mesma ânsia
- estancar sangradouros da vida...

plena - em pleno voo

ARBÍTRIO

Há esta noite imposta
a turvar os sonhos
e uma lua-lâmina
sobre uma só cabeça
Há um gosto de bílis
nesta ânsia
por levante e luta
Há o leilão dos pulhas
e um rastro de lágrimas
misturado à lama
Há uma estrela presa
no céu da boca
uma Pátria insone
e estes vermes
a lançar os dados

Há uma voz em dardo

a afrontar o arbítrio:

- LULA, LIVRE!

(Brasil, abril de 2018. Lula preso em Curitiba)

PÁTRIA AMARGA

I

Inexistes em mim, flor em chaga

Inexistes em mim, vômito de intolerância e fel

Inexistes em mim, covil de assassinos, punho de besta insana

Inexistes em mim, navalha a marcar carne inocente com o símbolo de tantos crimes

Inexistes em mim, mãos manchadas de sangue e dízimo

Inexistes em mim, túmulo da esperança, da fraternidade e da alegria

Inexistes em mim, chama criminosa, cinza de museu

Inexistes em mim, hora escura e treva espessa sobre os sonhos

Inexistes em mim, antidemocrática, antitética, antiestética

Inexistes em mim, envenenada, corrompida

Pátria amarga

Pátria fake

II

Existes em mim em inviolável ternura

sibilar de pássaros na garganta

Existes em mim nesta dor

vontade de chorar

nesta saudade de quem em ti

está exilada

(Brasil - eleições presidenciais 2018)

COTURNOS

Pisam nas pálpebras

as pétalas da manhã

e seus decretos de luz

Pisam sobre ossos

a trama das horas

suas teias e dramas

Pisam nos pés

presságios de algemas

e sêmen e sangue

Pisam na íris

farsas e fardas

fardos de horror

suástica na carne

títulos, ações

bíblia, whatsapp

unção dos coturnos

dólar, Wall Street

dízimo, Auschwitz

(Brasil. Eleições presidenciais 2018)

DESAMANHECER

Faz escuro

A roupa é pouca

e já não cabe

e esta porta

já não abre

E não amanhece

Faz escuro

Não é vinho

nesta taça

é agro, ódio

e agrotóxico

E não amanhece

Faz escuro
Sobre a mesa
milho transgênico
brotou da terra
que mata transgênero

E não amanhece

Faz escuro
Ninguém come
apesar da fome
Ninguém bebe
apesar da sede

E não amanhece

Faz escuro

Ninguém toca

é cianureto

Ninguém respira

é gás sarin

E não amanhece

Faz escuro

Dá-me ao menos

a tua mão

antes que o breu

nos trague

para o

a

b

i

s

m

o

(Brasil, novembro de 2018)

PORTO

Não há terra à vista

Há esta manhã
e sua fratura exposta
e dias intensos
em carne viva

Milhas distante
de qualquer futuro
diante de um passado
arquitetado em muro

O caos é servido à larga
em cálices de ódio
salvas de covardia
e cinismo sádico

Resistir em pé
Não soltar a mão de ninguém
diante do naufrágio certo
nos queremos perto
e porto em mar aberto

(Brasil- janeiro 2019)

VALE

A todas as vítimas do crime de Brumadinho: aos que se foram e aos que ficaram.

A eles - o minério

o nióbio

o níquel

A nós - a pupila

incendiada e os olhos postos

como um sol amargo

sobre o plexo dos sonhos

A eles - o carvão
o manganês
o potássio

A nós - o punhal
da morte sobre os ombros
e um cemitério imenso
sob escombros

A eles - A Vale
do ferro
dos Royalties
do lucro

A nós – O Vale
de lama
lágrimas
e luto

CALVÁRIO

São teus olhos,
órbitas indiferentes,
o nosso calvário
As pedras
ante os pés
o choque
sob as unhas
a cruz sobre
os ombros
o pau de arara
a cadeira de dragão.

Teus lábios,

hóstia degenerada,

a coroa de espinhos

o arame farpado

amordaçando

a face

a censura

os estigmas:

as cinco chagas

nos pés e mãos.

É tua

a lança

a rasgar artérias

e a oferenda:

punhado de sal

que nos obrigas

a engolir.

Quando a sede

açoita, alucina,

secas as torneiras.

Entregas na esponja

tortura e sedativo:

vinagre e mirra.

E ri

um riso histérico

diante da dor

da bala perdida

da crucificação

das chacinas

da favela em chamas

do índio queimado

do trabalho escravo

até a morte

E ri

"Orquestra irônica,

estridente"

Arranca-nos

os trapos do corpo

o sudário

a esperança

E não há

nenhum

José de Arimateia

aos pés

da nossa cruz.

E ri

do nosso desamparo

das ameaças

do medo

Do exílio no Egito

França

ou Pasárgada

És tu,

tuas hostes,

teu surdo-muNdo

que preparam

há séculos

reeditadas

via-crucis -

- logro e lucro.

GENOCÍDIO

Não cabe
no espelho
a face mestiça
desta Pátria
relegada a relhos
e correntes.
Expatriados
em navios negreiros
velamos os mortos,
pétalas de lótus negro.

Asfixia por gravata
bala perdida
bala endereçada
oitenta vezes.
Somos girassóis
em campos de lírios
e sangramos
oitenta vezes.
Sangramos
cinco séculos.
Sangramos na morte
e depois da morte.

(Brasil, abril de 2019)

KOTTER
EDITORIAL

Impresso em papel pólen 80g/m^2
tipografia Adobe Garamond Pro 12/16, inverno 2019